∧ ∧

∧ ∧ ∧

∧ ∧ ∧

∧ ∧

∧ ∧

쫄지 말고 일단 GO!
이까짓, 생존

이까짓, 생존

삼각커피

쫄지 말고 일단 GO!

살기 위해 남쪽으로 향하는
북극곰처럼

내가 운영하는 가게 앞 계단에는 오래전에 생긴 작은 홈이 있다. 바람이 불 때마다 홈에 먼지와 흙이 쌓이더니, 어디에서 씨앗이 날아와 들어갔는지 언제부턴가 작은 새싹이 자라기 시작했다. 처음에는 여기도 자리라고 뿌리를 내린 잡초가 귀여워 그냥 뒀는데, 점점 줄기가 올라오더니 조금 무서워질 정도로 커졌다. 계속 그대로 뒀다가는 관리를 안 하는 가게처럼 보일 것 같아 잡초를 뽑고 뽑았는데 잊을 만하면 다시 싹을 틔우고, 다시 무럭무럭 자라나 끈질기게 커져갔다. 결국 내가 졌다. 잡초 뽑기를 포기하고 공생의 길을 선택했다. 도저히 안 되겠다 싶을 때만 가지를 치는데, 한편으로는 저 잡초의 생명력이 탐난다. 나도 이 험한 세상, 끈질기게 살아갈 수 있다면 얼마나 좋을까.

일러스트레이터를 하기 전, 대학 졸업반일 때까지만 해도 회사에 취직해 돈을 버는 것 말고는 다른 계획이 없었다. 그냥 남들처럼 취직해서 직장인으로 살다 돈 모아 결혼하고 그렇게 살아가겠거니 했다. 그런데 여러 일들을 겪다 일러스트레이터가 되었고, 정신을 차려 보니 카페도 하고 글도 쓰고 있다. 프리랜서와 자영업자로 살며 불안정성의 끝판왕을 체험 중이다. 세상에는 직업도 많고, 취직할 곳도 많고, 돈 벌 곳도 많다는데 왜 내가 할 수 있는 일은 적은 것 같고, 왜 나는 하고 싶은 일로 돈 벌기가 이리도 어려울까?

나의 직업은 일러스트레이터, 카페 사장, 에세이 작가이다. 누군가에겐 꿈이거나 로망인 직업이겠지만, 나에겐 현실적으로 살아남아야 하는 처절한 몸부림에 가깝다. 그래서 책 제목이 '생존'이 됐다. 혹시나 이 세계가 궁금한 이들을 위해 실무자의 입장에서 진솔히 적어보았다. 그림도 넣었으니 편하게 읽어주면 좋겠다.

우연히 뉴스에서 북극곰의 최신 근황을 봤다. 불쌍한 북극곰들이 살기 힘든 북극에서 겨우겨우 살고 있나 했는데, 이제는 먹이를 찾아 북극을 떠나 남쪽으로 내려오고 있다고 한다. 심지어 그냥 내려와 사는 게 아니라 그 지역에 사는 회색곰과 눈이 맞아 혼혈 곰을 낳으며 새로운 역사를 쓰고 있었다. (그렇게 탄생한 혼혈 곰이 '피즐리곰'. 자연 교배종으로는 처음 있는 일이며, 두개골 구조가 광범위한 먹이 활동이 가능하도록 진화해 북극곰보다 생존에 유리하다고 한다.)

지구의 이상기후로 북극곰의 개체 수가 줄어간다는 건 알고 있었지만, 해빙 환경문제에 발만 동동 구르며 해결 방법을 고민하고 걱정했지, 북극곰이 '어떻게' 살아내고 있는지는 관심이 없었다. 북극곰은 생존하기 위한 방향으로 움직이고 변화하고 있다. 이름이 '북극곰'인데 북극에서 못 살겠으면 북극을 떠나는 게 현실이고, 하얀 털도 버리고 살아가는 게 생존이다.

인간이라고, 나라고 뭐가 그리 다를까 싶다. 취미에도 없던 케이크와 쿠키를 매일 굽고 있고, 짧은 글 몇 자도 적지 않았던 내가 몇십 장의 원고를 써 내려가고 있으니 나는 멸종 위기에 놓인 북극곰처럼 계속 변화하고 있는 거 아닐까? 살고자 하는 무의식이 발현되어 생존하기 위한 방향으로 나도 모르게 발전하고 있는 중이라 믿고 싶다. 아직 나의 변화들이 어색하지만 좋은 쪽으로 생각하자. 내 생존 본능은 아직 살아 있다고!

직업을 하나 추가했다

SNS나 책에 나를 소개할 때
일러스트레이터 겸 자영업자라고 했는데

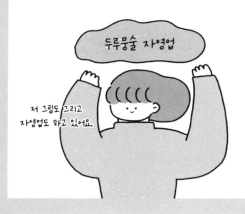

정확히는 작은 카페를 한다.

내 가게는 어느 주택가 한적한 골목에

카페 겸 작업 공간으로 자리 잡고 있다.

가게는 가겐데…

카페는 카펜데…

정말 작고 소소해
가게라고 소개하기도 조금 민망한
그런… 나의 카페.

일러스트레이터로
살 거야!

20대 중반의
삼각커피 →

그림이 좋아 근근이 벌어도 좋으니
그림만 그리며 살고 싶었다.

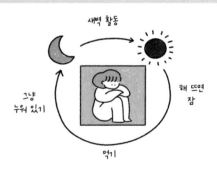

새벽 활동

그냥
누워 있기

해 뜨면
잠

먹기

그런데 우울과 무기력이 나를 덮쳐
1년 동안 방 안에 박혀 지낸 채
그림은 하나도 그리지 않았다.

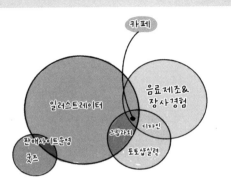

무기력의 늪에서 벗어나기 위해
내가 할 수 있는 일과 하고 싶은 일의
교집합을 찾았다.

그림 일이 언제 들어올지도 모르는데
무기력하게 개인 작업만 하는 것보다

카페 운영 + 한가할 땐 그림 작업

휴일 하루는 외부 과외

하루에 몇만 원이라도 벌면서
사회 활동을 하는 게 더 낫다고 생각했다.

당장 할 수 있는 일이 없어 무기력해지는 일상이 통장 잔고보다 더 무서웠다. 카페를 차리는 데 들어갈 비용, 매달 내야 하는 월세와 유지비, 자유시간 없이 운영해야 하는 1인 카페… 카페를 차렸을 때 감당해야 하는 것들을 잘 알지만, 나는 이 무기력과 우울에서 (특히 무기력과 우울의 원인이 되는 집과 내 방구석에서) 벗어나고 싶었다. 방구석에서 그냥 숨만 쉬면서 산 지 1년이 넘어갔다. 어떤 목적이나 희망이라도 있으면 그걸 목표로 나아가려 노력했을 텐데, 그런 것 하나 없이 그냥 살아만 있었다. 당시에는 그냥 살아만 있다는 게 숨이 막혔다.

실상 백수지만, 겉보기에는 가끔 작업 의뢰가 들어오면 그림을 그리고 땅가땡가 여유롭게 사는 일러스트레이터였다. 물론 그렇게만 살아도 먹고살 돈이 있다면 그것만큼 행복한 세상이 없고, 그렇게 살아도 멋진 인생일 것이다. 그런데 모아둔 돈도 없으면서 아무 계획

없이 노는 것도 하루 이틀이지, 잉여인간임을 스스로 인정하지 못하고 얄디얄은 일러스트레이터 경력을 움 켜쥔 채 들어오지도 않는 일을 방 안에서 손가락만 빨 며 기다릴 수 없었다. 20대 중반에 시작한 일러스트레 이터 활동은 반응이 나쁘지 않았다. 곧 잘될 것만 같은 희망을 느꼈고, 부모님도 '어디 잘되나 한번 지켜보마' 정도로 지지해 주셨다. 시간은 점점 흘러 30대가 되었 고, 겁 없이 뛰어든 소품숍은 2년을 못 채우고 폐업한 데다 내 그림에 대한 대중의 반응과 작업 의뢰, 수입은 영 흐지부지해졌다.

아무 쓸모없는 인간이라는 좌절과 사회에서 어떤 역 할도 못 하고 있다는 사실에서 벗어날 수 있으면서 동 시에 아직 포기하지 못한 그림을 계속할 수 있는 방법 을 찾아야 했다. 머리를 굴리고 굴린 끝에 카페가 떠올 랐다. 카페는 당시 내가 할 수 있는 최선의 선택이자 유일한 선택이었다.

　그렇게 나는 '일러스트레이터'이면서 추가로 '작은 카페 사장'이 되었다.

　하루하루 '노동'을 하고 그 '대가'를 받는 행위는 사람을 더 사람답게 만들어줬다. 일주일 중 하루만 쉬다 보니 휴식은 달콤하다 못해 귀중했고, 규칙적인 생활 패턴과 고된 일과 끝에 얻는 휴식이야말로 진정한 휴식이었다. 예전에는 무기력하게 방구석에 들어가서 우울을 덮고 잤었는데, 이제 내 방은 순수한 안식처가 되었다.

new!

일러스트레이터 + 카페 사장

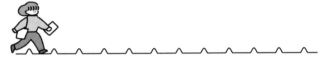

셀프 인테리어가 사람 잡네

내 주머니 사정에 딱인 상가를 찾았다.

이 오래된 상가를 기초공사부터
전부 혼자 열심히 꾸몄다.

간판과 벽등도 직접 달았다.

생전 처음 하는 일이다 보니
설비 하나 설치하는 것도 쉽지 않았다.
(물건 구입 -> 설치 방법 알아보기 -> 설치 장비 구하기 -> 설치하기)

혼자 생고생을 하면서
스트레스까지 덤으로 얻었다.^^ʕ

하나하나 직접 주문하고 설치하다 보니
온전한 가게의 모양을 갖추는 데만
장장 세 달이 걸렸다.

말도 안 되는 금액으로
인테리어를 해낸 내가 스스로 대견하지만

마감이 조금 아쉽긴 하다.

제대로 된 공간 하나 만들기가
참 힘든 거였구나…

내가 기억하지도 못할 때부터 나는 평생 잘 갖춰진 공간에서 생활해 왔다. 부모님이 마련한 집에는 사람이 살 때 필요한 살림살이가 모두 갖춰져 있었고, 내 방에도 내가 필요한 가구들과 물건들이 '알아서' 구비되어 있었다. 나이가 들 때마다 내 방의 모습도 조금씩 달라졌지만, 내가 방에 직접 투자한 거라곤 가끔 돈을 모아서 새 가구를 구입해 방을 꾸미는 정도였다.

하지만 카페는 아니었다. 아무것도 없는데 손볼 데는 많은 이 카페 공사는 상상 이상이었다. 지금까지 이렇게 대공사는 해본 적이 없었다. 첫 가게도 셀프 인테리어를 했지만 이 정도는 아니었다. 이전 세입자가 어느 정도 공사를 해둔 곳이라 간단한 셀프 인테리어만으로도 충분히 예쁜 가게 느낌이 났다. 그래서 내가 너무 만만히 봤나? 아무것도 없는 공간에 모든 장비가 완벽히 자리 잡기까지 세 달이나 걸릴 줄은 미처 몰랐다.

건물도 30년은 됐을까? 내부는 생각보다 철거할 것 없이 단조로웠다. 유튜브와 블로그에서 셀프 카페 인테리어 영상과 사진을 보니 나도 할 수 있을 것 같았다 (심지어 재밌어 보였다). 마냥 만만해 보이지는 않았지만, 자금이 충분하지 않았던 내게 셀프 인테리어는 피할 수 없는 선택이었다. 인테리어 업체에 맡기면 평당 150만 원부터 그 이상 비용이 든다. 거기에 돈을 썼다간 얼마 못 가 파산할 게 뻔했다.

먼저 기초공사부터 시작했다. 바닥 장판을 걷으려고 하니 이게 웬걸, 장판 중간 부분이 시멘트 바닥에 다 눌어붙어 있었다. 계약 전 둘러볼 때는 몰랐는데 자세히 보니 천장에 희미하게 물이 흘렀던 자국이 눈에 들어왔다. 그렇다. 내가 계약한 이 상가는 누수가 있는 곳이었다. 건물주에게 뒤늦게 확인했더니 정말로 위층에서 누수 사고가 있었단다. 이 중요한 사실을 계약하고 나서야 알다니! 건물주, 전세입자, 부동산 업체 모두가 계약서를 쓸 때도, 쓰고 나서도 나한테 한마디 해주지 않았다. 가게를 차리면서, 가게를 운영하면서 사람 열불 나게 하는 일이 한두 개가 아닌데 이때가 내 화병의 시작이었다. 하하하….

　눌어붙은 장판은 스크래퍼로 하루 종일 긁어내고, 천장은 퍼티로 덮고 페인트칠을 여러 번 했다. 바닥은 에폭시(투명한 막을 깔아놓은 듯 매끄러운 코팅)를 깔았다. 나무나 세라믹 같은 바닥을 하고 싶었지만 혼자서 하는데 에폭시만큼 편하고 싼 방법이 없었다. 본업이 일러스트레이터인 만큼 간판 로고도 직접 그렸다. 이후 인터넷으로 간판 제작을 주문하니 일주일만에 도착했는데, 문제는 설치였다. 아파트 관리사무소에서 사다리를 빌려 동생 차에 실어 온 다음, 사다리를 타고 올라가 드릴로 외벽을 뚫어 간판을 달았다. 외부벽등은 당근마켓에서 만오천 원에 득템했는데, 이것도 자전거로 한 시간을 달려가서 거래하고 3일에 걸쳐 설치할 수 있었다.

이보다 더 쉽고 편하게 창업한 사람들도 있겠지만, 나는 어느 것 하나 쉽지 않았다. 커피 기구, 주방 용품, 진열 매대, 테이블과 의자, 인테리어 소품까지 가격을 따져보고 상담하고 구입하고 설치하는 데 상당한 시간이 걸렸다. 오픈하려면 아직 한참 멀었는데 월세는 계속 나가고 있고 개업 전부터 너무 진을 빼 몸은 천근만근이었다. 유튜브를 보면 다른 사람들은 뭐든 뚝딱 주문하고 만들어내서 착착 정해진 자리에 배치하던데, 이건 정말 편집의 힘이었다. 나는 침대에 편히 누워서 편집된 결과만 봤으니 더 수월해 보였을 테고. 지금은 그런 영상을 보면 편집된 그들의 고생까지 느껴져 동병상련의 마음이 든다.

전기, 냉난방기, 인터넷, CCTV는 설치 기사가 방문해서 해주니 돈이 들었지만 세상 편했다. 어떻게 설치비가 10만 원이 넘는지, 돈을 지불할 때는 손이 덜덜 떨리다가도 설치하고 난 뒤에는 이래서 전문가를 쓰는구나 싶었다. (간혹 설치 기사를 잘못 만나면 성의 없이 대충하고 하자는 나 몰라라 하는 사람도 있으니 주의해야 한다.)

아늑하고 만족스러운 공간은 쉽게 생기지 않는다. 가게뿐만 아니라 어떤 공간을 혼자서 꾸며본 사람이라면 모두가 공감할 것이다. 내가 만족할 공간을 찾기도, 적당한 가격에 거래하기도 쉽지 않은데 그 공간을 내가 머물고 싶게끔 꾸미고 유지하는 것도 어지간한 노력과 비용으로는 안 된다.

그래서 사람이 머무는 공간에는 힘이 있다. 누군가의 돈과 시간, 노력과 손길이 공간을 잔뜩 채우고 있으니.

다시 셀프 인테리어를 하게 된다면 지금보다 더 계획적으로 더 깨끗하고 예쁘게 잘할 자신이 있다가도 고생했던 시간을 생각하면 고개를 절레절레 젓고 만다. 전문가가 있는 이유가 다 있다. 생고생은 좋은 추억으로만 남기기로 하자.

카페 사장님의 로망

우여곡절 끝에 가게를 오픈!

우선 가게가 생기니 집에서 벗어나
내 공간으로 '출근'하는 게 좋았다.

내가 내 스타일로 꾸민
'생활과 분리'된 쾌적한 공간에서

하루하루 일을 하며 삶의 활력을 찾고
한 달 고정 수입이 생긴 점도 좋았다.

손님이 없는 시간에는
집중력을 발휘해 그림을 그렸다.

하지만 모든 일이 그렇듯, 가게 운영도
생각보다 평탄하지만은 않았다.

이 공간이 카페처럼 보이게 해주는 물건들이 하나둘 쌓이고, 계산 포스기까지 놓으면서 오픈에 박차를 가했다. 가끔 사람들이 공사 중인 가게 앞을 지나가면서 "여기 뭐 생기는 거예요?"라고 물어봤었는데, 이제는 "여기 카페예요?" 하며 문을 열고 들어오는 분들도 생기기 시작했다. 하루에 한두 분, 음료를 주문하는 사람도 있었다. 갓 뽑은 에스프레소에서 나는 고소하고 묵직한 커피향이 가게 안을 가득 채우고, 앉아서 두런두런 이야기하는 사람들의 목소리가 가게 안을 울리자 이제야 내가 카페를 차렸다는 게 실감 났다.

'오전 10시 30분 오픈'이라는 고객과의 약속이 생기자 아침에 일어나는 것도 훨씬 수월해졌다. 출근 시간이 회사처럼 이르지 않아 여유롭게 일어나도 되고, 가게가 집과 멀지 않아 아침에만 느낄 수 있는 상쾌한 공기를 마시며 걸어서 출근하니 그 길이 그렇게 상쾌하고 즐거울 수 없었다. 빨간 머리 앤이 처음 기차에서 내려 '초록 지붕 집'을 향해 마차를 타고 가는 기분이 이랬을까?

화려하진 않아도 내 취향껏 꾸미고 '생활과 분리'된 공간에서 손님이 없을 땐 한구석에 앉아 그림을 그리고, 손님이 오면 음료를 만들고 서빙을 했다. 곳곳에 놓은 상큼한 시트러스향이 항상 코끝에 머물렀고, 내 취향의 노래가 빈티지 스피커에서 부드럽고 조용히 흘러나왔다. 한여름에는 에어컨도 엄마 눈치 보지 않고 실컷 틀어놨다. 시원한 에어컨 바람 덕에 뽀송한 책상 위에 팔을 붙이고 앉아 그림을 그리다 손님을 맞이했다. 그렇게 하루하루가 금방 지나갔다.

처음 나의 원대한 계획은 가게를 계약한 2년 동안 일러스트레이터와 카페 사장, 두 직업의 균형을 잘 지켜서 나를 괴롭히던 무기력을 타파하고, 손 놓고 있던 그림도 다시 일정 수준 수입이 나는 반열로 올리는 것이었다. 아무리 포기하려 해도 포기할 수 없는 '그림'을 정말 다시 그리고 싶었다.

처음에는 당장 하루 수입은 적지만 지긋지긋한 방구석에서 탈출할 수 있고, 나만의 작업 공간이 생겼고, 나도 남들처럼 출근을 하고 있고, 어엿하게 사회생활을 다시 시작했다는 만족감에 그저 좋고 행복했다.

로망은 로망일 뿐, 또 다른 차가운 현실이 기다리고 있는지도 모르고.

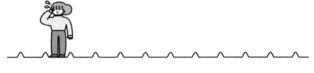

카페 사장님의 현실

- 12시간째 수면 중 -

하루도 안 쉬면 못 버틸 것 같아
휴무날은 무조건 체력 보충!

쉬는 날에는 과외를 가거나, 자거나 쉬기 바빠
누굴 만날 엄두를 못 낸다.

설거지

음식물,
화장실 청소

쓸고 닦기

인테리어
구입&배치

바닥 청소
한 번씩
락스 물로
쭈그려 앉아
박박 닦아야
깨끗하다.

깨끗한 공간은 손에 물 마를 새 없이
관리해야 얻어지는 거였고

시간이 나서 앉게 되면 그냥 쉬고 싶다.

꽤 바빴다고 생각했는데
생각보다 매출이 소박하다.

프리랜서이자 집순이로 생활할 땐 고장 난 수도꼭지에서 흐르는 물처럼 넘쳐나는 시간을 감당하지 못했다. 시간을 어떻게 할 수 없어 무기력하게 흘려보내기만 했다. 오랫동안 방황하면서 평범한 직장인들처럼 규칙적인 사회생활을 갈망했다. 그렇게 카페를 오픈한 지금, 규칙적인 생활 리듬은 갖춰졌지만 정해진 시간 동안 한곳에서만 있어야 했다. 자연스레 개인 시간은 거의 없어졌다.

프리랜서의 단점이면서도 치명적으로 좋은 점은 '평일의 자유'를 누릴 수 있다는 것이다. 평일, 주말 구분 없이 언제나 자유롭게 돌아다닐 수 있다. 한가한 평일 오후에 동네를 어슬렁거리다 권태로움이 느껴질 때에는 멀리 보이는 으리으리한 건물 안에서 부지런히 일하는 사람들의 그림자와 지하철에서 빠져나와 퇴근하는 사람들의 발걸음을 내심 부러워했다.

하지만 권태로움 속에서도 남아나는 시간 덕분에 누렸던 혜택들이 있었는데, 제일 좋았던 건 평일 런치 할인이다. 런치 할인 혜택을 톡톡히 봐서 주말에는 가격이 좀 부담스러운 음식도 저렴하게 맛보곤 했다. 쇼핑몰을 가도 대부분 한가하고 조용해서 여유롭게 쇼핑할 수 있었다. 은행이나 병원도 하루에 여러 군데 몰아서 다녀올 수 있고, 훌쩍 어디론가 떠나고 싶은 날에는 마음만 먹으면 평일, 주말 상관없이 어디로든 쉽게 떠나버렸다.

프리랜서 생활을 오랫동안 해온 나에게 1인 카페 운영은 완전 정반대의 생활 패턴을 선택한 셈이다. 카페를 저녁 아홉 시에 마감하고 뒷정리까지 다 하고 집에 오면 열 시가 훌쩍 넘는다. 이 시간에는 씻고 자는 것밖에 할 일이 없다. 휴일도 하루만 쉬니 평소 즐겨 만났던 사람들과도 약속 잡기가 힘들어졌고 여행은 꿈도 못 꾼

다. 쉬는 날에도 잠만 자다 잠깐 나와 외식이라도 하려고 하면 밖에 사람들은 왜 이리 많은지, 평일 런치로 먹었을 때보다 훨씬 비싼 가격을 내면서 북적이는 인파 속에서 식사를 해결해야 한다.

1인 카페를 한다는 건, 오로지 카페를 위해 존재하는 카페 지킴이가 내 정체성이 되는 것이다. '도비의 인생'이 시작됐다. (도비는 해리포터에 나오는 집 요정. 주인의 명령은 무조건 따르며 주인만을 위해 일한다.) 상업 공간이 생기고, 언제 올지 모르는 누군가를 항상 같은 자리에서 항상 같은 모습으로 기다린다는 것은 내가 막연히 생각했던 '여유롭고 있어 보이는' 카페 사장의 모습과는 전혀 달랐다.

카페를 위해 존재하는 도비는 언제 오실지 모르는 주인님을 위해 바닥과 테이블, 의자, 컵 등을 미리미리 닦아야 한다. 화장실 청소는 물론 음식물 쓰레기까지 싹 비우고 주인님과 약속한 시간에 맞춰 언제나 깨끗한 공간을 선보여야 한다. 항상 밝은 모습으로 언제나 친절을 다하며 주인님이 가신 자리는 머리카락 한 가닥도 남김없이 정리하고, 그들이 썼던 컵과 접시는 다음에 오실 새 주인님을 위해 재빨리 설거지를 마쳐야 한다.

마법을 부리는 진짜 도비는 또 아니라서, 아침에 출근하면 후다닥 청소를 마치고 디저트를 만들고 점심 테이크아웃 손님까지 지나간 뒤 오후가 되어서야 겨우 의자에 몸을 맡길 수 있다. 그냥 쉬고 싶다. 침대에 몸을 던져 푹 퍼진 채 밥 먹고 빵빵해진 배를 쓰다듬었던 옛날이 그리워진다. 사람이 이렇게 간사하다. 그렇게 싫고 벗어나고 싶었던 프리랜서의 삶이었는데 이제는 지금 힘든 부분만 크게 다가오고, 그때가 그저 그립다.

정신 차려 이 각박한 세상 속에서! 내가 어떤 마음으로 카페를 시작했는지 다시 잘 생각해 보라고!

정신을 차리고 짬이 날 때마다 열정적인 일러스트 레이터 모드로 그림 작업을 할 생각이었다. 그런데 카페 일이 많은 날이면 모드 전환이 쉽지 않다. 카페 사장에서 일러스트레이터로 변신하기까지 부팅 시간이 꽤나 걸린다. 휴식을 취하고 감정과 영감이 모이는 시간이 필요한 것이다. 이제 그림을 그려볼까 싶으면 손님이 오고, 다시 그려볼까 싶으면 마감할 때가 되어 정리를 해야 한다. 그럼 결론은, 에라 모르겠다! 오늘은 맥주 한 캔 마시며 푹 쉬자.

막상 카페를 시작하니 정말 카페 일만 잘하기도 쉽지 않다. 정신없이 바빴던 하루에 비해 매출은 소박하다. 두 마리 토끼를 같이 잡으려던 건 내 욕심이었을까.

1인 카페 운영은 사장보단 도비에 더 가깝다.

주눅 든 고분고분함

내 그림에 자부심이 강할 때는 일러스트도
예술적 가치로 정당한 대가를 받아야 한다는
생각이 컸었다.

그러나 대부분 비슷한 패턴으로 작업 의뢰를 받았고

내가 들이는 물리적 시간과 예술적 가치를
환산해 가격을 제시하면 성사가 잘 안 되었다.

운 좋게 계약을 하고 작업을 시작해도

몇몇 회사와는 지독한 트러블을 겪어야 했다.

최악의 작업을 겪고 나니 의뢰가 줄어들고
안 좋은 계약을 하는 게 전부 내 탓 같았다.

그 뒤로 작업 문의가 들어오면
그렇게 바라던 일거리에 반가우면서도

심장이 철렁 내려앉으면서
겁부터 들었다.

그리고 지금 이 기회를 놓치고 싶지 않아
회사 사정에 나를 맞추며 굽신거렸다.
(이렇게 해도 잘된 일이 없으니 따라 하지 마세요 ㅠㅠ)

이 습관은 카페를 오픈하고도 그대로여서

찾아준 분들께 부족한 부분만
보여주는 것 같아 창피하고 죄송했다.

이 태도는 상대방에게도 그대로 전달돼
'손님'이란 타이틀로 우위에 서고 싶은 사람에게
좋은 먹잇감이 됐다.

처음부터 고분고분한 성격은 아니었다. 일러스트 외주 작업을 몇 차례 받는 동안 고분고분해졌다. 아니, 고분고분해져야 했다.

점점 오르기는커녕 후려치기만 당하는 작업 단가에 광분하며 일러스트레이션의 가치가 평가절하당하는 것이 속상했고, 지금 내가 마땅한 대우를 주장해야 현직 일러스트레이터들 모두가 편해지는 길이라 생각했다. 일러스트레이터로서 내 앞날도 그렇고.

가뭄에 콩 나듯 작업 문의가 들어와도 직장 생활이라곤 막내 역할밖에 안 해본 나로서는 이런 가격 협상과 업무 진행이 꽤 버거웠다. 합당하게 측정된 구체적인 가격을 먼저 제시하는 곳은 극히 드물었다. 몇 번의 협상을 거쳐 계약서를 쓰고 그림 작업을 시작해도 '예술가'라는 자부심을 와르르 무너지게 하는 푸대접에 멘탈이 나가기 일쑤였다.

　그들은 언제나 갑이었고, 나는 항상 절대적 을이었다
(계약서상 내가 갑일 때도 있지만 내용을 읽어보면 결국 을
로서 행동해야 한다). 그 '을'도 내가 회사에 계약서를 보
내달라고 간청한 끝에 얻을 수 있는 자리였다. 그림으
로 돈을 벌고 싶을수록, 외주를 받아 경력을 쌓고 싶은
마음이 크고 간절할수록 나는 점점 초라하고 작아졌다.

　그때의 고분고분함이 지금 카페를 하면서도 그대로
나타날 줄 몰랐다. 계속 절박한 을로만 살아와서일까?
그림값을 받고 그림을 그려줄 때도, 커피값을 받고 커
피를 만들어줄 때도 난 을이었다. 늘 주눅 들어 있었다.
손님이 오면 가게의 부족한 부분과 내 미숙한 행동을
보고 불쾌한 마음에 다시는 오지 않을까 봐, 혹시나 인
터넷에 나쁜 후기를 써 올려 다른 손님의 발걸음마저

끊길까 봐 손님 표정과 눈빛 하나하나에도 신경을 곤두
세웠다.

오픈 초기에 갑자기 음료 주문이 일고여덟 잔씩 밀
린 적이 있는데, 손님들을 기다리게 해서는 안 된다는
생각에 재료를 급하게 옮기다 유리병이 깨져 옷과 주
방에 난리가 나기도 했다. 직접 작업한 바닥에서 새 집
냄새가 올라와 후각이 예민한 손님들이 카페에서 안
좋은 냄새가 난다며 인상을 찌푸리고 나간 적도 있다.
본의 아니게 마음에 상처를 받았었다. 한적한 골목에
자리 잡고 있어 저녁 여섯 시만 되어도 한산해져서 마
감 시각을 아홉 시로 정했는데, 그걸 모르고 계속 앉아
있는 손님들에게 나가달라고 말할 용기가 없어서 열
시까지 말 한마디 못 한 채 손님들이 나가기만을 기다
리기도 했었다.

부족한 부분만 계속 떠올리고 신경 쓰다 보니 내 카페의 예쁜 구석은 다 잊어버리고 나쁜 점만 보였다. 사장으로서 보여야 하는 전문적인 태도보다는 '주눅 든 고분고분함'으로 비위를 맞추고 미리 사과할 준비를 하고 있었다. 따뜻하게 바라봐 주신 분들이 많았기에 여러 시행착오 속에서도 지금까지 버티며 장사를 하고 있지만, 그렇지 않은 분들의 모진 언행과 행동은 마음을 절벽 끝까지 떨어뜨리곤 했다.

이 '주눅 든 고분고분함'이 내가 만만해 보이고, 상대가 제멋대로 행동하게 만든다는 걸 미처 알지 못했다. 초라하고 능력 없는 내 존재가 죄송스러워 손님들에게 당장 내가 표현할 수 있는 최선의 대처라고 생각했는데, 이게 나를 더 옥죄었다.

짧다면 짧고 길다면 긴 시간 동안 자영업을 하면서

느낀 점은, 찾아준 모든 손님들을 만족시키기는 어렵다는 거다. 내게 지금 주어진 상황에서 할 수 있는 일에 최선을 다하고, 전문적인 서비스를 제공하도록 더 노력하는 것밖에는 도리가 없다. 내 가게에서 제공하는 서비스나 환경이 불편하고 싫은 사람도 있겠지만, 좋아해주시고 꾸준히 찾아주는 분들이 더 많기에 그분들을 잊지 말고 떳떳해져야 한다. 자신 있게 친절하고 당당하게 상냥해야 한다. 내 태도는 신뢰와 믿음이 되어 그대로 다시 나에게 돌아온다.

모든 고객에 다 맞춰주는 건 불가능하다.
대신 당당히, 자신 있게 친절하자.

[환기]

그럼에도 행복한 순간들

출근길 과일 가게 앞 강아지 쓰다듬을 때

아침 첫 추출이 압력, 추출량
모두 성공적일 때

단골손님이 오셔서 선물과 함께
이야기 보따리를 풀고 가실 때

겨울을 버틴 화분에
꽃이 폈을 때

소소한 순간들로 행복하다.

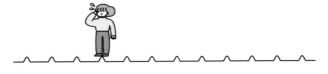

문방구집 딸이 되고 싶었어

어렸을 때는 문방구 집 딸이 부러웠고

정육점 하는 집 딸이 부러웠는데

막상 카페를 하는 사람이 되고 보니

재고에 피눈물이 난다ㅠㅠ

어렸을 때는 장사하는 집(특히 문방구나 슈퍼) 딸들이 정말 부러웠다. 꼭 곳간에 재물을 잔뜩 쌓아둔 양반집처럼 보였다. 왜 우리 집은 장사를 하지 않을까? 냉장고 문을 열면 김치만 가득하고, 문방구에서 군것질이라도 한 번 하려면 조르고 졸라 500원을 얻어내는 삶을 살다 보니 어쩔 땐 우리 부모님은 장사 안 하시나 내심 바란 적도 있다. 우리 집도 장사를 하면 과자도 먹고 싶을 때 실컷 가져다 먹고 비싼 다이어리도 골라서 쓸 수 있고 맨날 저녁마다 고기 파티를 할 수 있을 텐데! 어린 나는 이런 행복한 상상을 했었다.

그런데 막상 내가 어른이 되어 장사를 해보니 내가 가지고 있다고 해서 온전히 내 소유는 아님을 깨달았다. 장사에 대해 한참 몰랐었다. 생각해 보면 어쩐지 내가 장사하는 집 친구들에게 부럽다고 할 때마다 그 친구들은 그리 좋을 거 없다며 반응이 시큰둥했었던 것 같다.

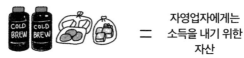 자영업자에게는
소득을 내기 위한
자산

지금 생각하면 정말 당연한 건데…. 문방구에 비싼 필통은 사업을 위한 재화이고, 고기 또한 정해진 양을 팔지 못하면 다음 달 생활비를 벌지 못한다. 갖고 있는 물건을 못 팔면 적자고, 팔아야 할 물건을 파는 사람이 써버리면 그만큼 손해다.

하루에 1개가 나가니까 한 달이면 30개가 팔릴 거라 예상하고 원재료나 물건을 딱 30개만 사면 안 된다. 몇 배는 사서 손님의 주목을 끄는 전시용으로 진열해 두거나 혹시 모를 판매를 위해 재고를 확보해 놓아야 한다. 하루에 하나도 안 나가다가 갑자기 한꺼번에 몇십 개씩 주문이 들어올지 아무도 모르기 때문에 항상 여유롭게 준비한다. 무엇보다 소매로 팔기 위해 도매로 싼값에 가져오려면 애초에 적은 양을 가져올 수가 없다. 결국 재고가 생길 수밖에 구조다.

내가 도매로 가져온 물건을 소매로 팔아 이윤이 나면 재고가 생겨도 흑자지만, 매출이 지출액을 넘지 않는 한 도매로 미리 쓴 돈이 있기 때문에 팔려도 적자다. 똑같이 물건을 팔아도, 장사가 잘되는 과일 가게에서 마감 한 시간 전에 떨이로 과일을 팔아 재고 처리를 하는 사장의 마음과 신발 가게를 하다가 사업이 망해 한 켤레를 5천 원에 파는 사장의 마음은 분명 다를 것이다.

가끔 지인이나 지인의 가족이 장사하는 물건을(직접 그리는 일러스트도 마찬가지) 공짜로 바라는 사람들이 있다. 장사가 아무리 잘된다고 해도, 그런 부탁은 실례다.

수익이 나지 않고 유통기한이 다 되어 팔지 못하는 재고를 폐기해야 할 때는 정말 피눈물이 난다. 음료는 한 번 가공된 재료를 혼합해서 만들기 때문에 제품의 유통기한이 길고 맛 변화도 크지 않다. 그런데 디저트는 원재료를 사서 직접 반죽하고 휴지시키고 다음날 굽고 식혀서 만드는 섬세한 작업을 거치지만, 팔리지 않으면 하루 이틀만 지나도 쓰레기통행이다.

딱 팔리는 만큼만 만들려고 정해진 반죽 재료의 비율만 그대로 하고 양을 줄이면 이상하게 맛이 나지 않기도 하고, 위에 말한 여러 이유들로 충분히 만들어 둔다. 재고와 쓰레기를 줄이기 위해 처음부터 소량만 만들어도 맛있는 레시피를 찾으려 노력하는 수밖에 없다. 나는 어떻게든 카페의 재고를 줄이려고 머리를 굴리는데, 가끔씩 '재료 소진으로 마감합니다'라는 문구를 걸고 일찍 문 닫은 다른 가게를 보면 정말 딴 나라 이야기 같다.

재고로 남은 디저트는 집으로 가져가도 찬밥 신세다. 그러고 보면 남은 디저트도 '찬 빵'이니 흔히 말하는 '찬밥'과 비슷한 대우를 받는 걸까? 처음에는 집에

남은 디저트와 커피를 가지고 가면 엄청 좋아하면서 잘 먹어주더니, 몇 년이 지나니까 그다지 반가워하지 않는다. 커피는 이제 내 카페의 원두커피만 먹어서 계속 가져오라고 하는데 디저트는 자주 먹으니 질리고 살만 찐다고 한두 입 먹고는 냉장고행이다.

저게 외국의 무슨 버터가 얼마나 들어가고, 그 비싼 크림치즈가 얼마나 들어간 건데… 쩝. 결국 대부분은 버려지고 몇 개는 내 입속으로 들어간다. 맛만 좋구만… 내가 이래서 살을 못 뺀다. 휴… 나도 재료 소진으로 마감하는 날이 올 수 있을까?

쩝

맛만 좋구만…

기 센 여자가 되고 싶다

카페 오픈 초기, 문이 열리는 소리의 반은

다양한 이유로 돈을 요구하는 사람들이다.

카페는 오픈했지만 몇 달 동안은 손님이 정말 없었다. 이미 구질구질한 내 치부는 웬만한 건 다 오픈하였으니 더 솔직히 털어놓자면, 가게를 오픈하고 세 달 동안은 월 매출이 20만 원 정도밖에 되지 않았다. 충격적인 수입이라 자존심 때문에 아무한테도 말하지 않았지만⋯ 실화다. 몇 개월 월세가 그냥 나갈 걸 대비는 했지만 정말 이 정도일 줄은 몰랐다. 계속 이러면 어떻게 가게를 유지해야 할까? 지금 벌려놓은 판을 어떻게 수습해야 하나? 순간순간 심장이 조여왔다. 계속 손님이 없을까 봐, 이대로 가게가 망할까 봐 마음이 불안했다.

그런데 이렇게 장사가 심각하게 안 되는 카페에 반갑지 않은 손님들이 계속 찾아왔다.

딸랑~
"어서 오세요~!"

"사장님 되세요? 사업자 카드 만드셨나요? 저희 카드가~"

"이 마스크팩 한번 써보세요, 저희가 다이어트 프로그램도 있고~"

"교회 다니세요? 아~ 그럼 ○○동에 무슨 교횐데 하나님 말씀~"

"○○단체인데요~ 전 세계 아이들을 위해 좋은 일 한번~"

정말 다양한 이유로 사람들이 가게를 방문했다. 음료를 사러 오는 손님은 그렇게 간절한 마음으로 기다리고 또 기다려도 오지 않는데, 이런 분들은 어떻게 이 골목에 가게를 차린 걸 알고는 줄줄이 들어왔다. 단호하게 거절하지 못하는 내향형인 나로서는 불청객의 방문이 고역이었다.

안 그래도 적자에 허덕이는데, 가게로 무작정 들어와 금전을 요구하면 솔직히 거북하고 부담스럽다. 마음 같아서는 소리치고 싶었다. "갖고 있는 것 중에 뭐라도 팔 게 없나, 몸에 팔 수 있는 부분이 있다면 뭐라도 떼어다 팔고 싶을 정도로 하루하루가 초조한 사람에게 영업이 먹히겠어요?"

어느 날은 몸집이 큰 남자가 가게로 불쑥 들어와서는 대뜸 기부를 요청했다. 가끔 기부를 할 때도 있었지만 그날은 정말 나도 번 돈이 없었다. 가게에 있는 돈을 주면 오늘 내 하루가 적자다. 앞서 영업 사원 셋을 단호히 거절하지 못한 대가로 두 시간 동안 사업 설명을 듣고 다단계에 가입할 뻔했었다. 그들의 방문은 며칠 동안 계속되었다. 정신적으로 맞서는 게 힘들었지만 그 사람이 먹고살기 위해 가게로 들어왔듯, 나도 살아야 했고 이제는 맞서 대응해야 했다.

숨 막히는 대치 상황.
이 기싸움에서 이겨야 내가 산다.

"정말 죄송한데 가게가 잘되지 않아서 드릴 돈이 없어요. 죄송해요."

그 남자는 내가 정중히 거절을 했는데도 나가지 않았다. 그냥 그 자리에서 거친 숨을 내쉬며 아무 말 없이 계속 서 있었다. 그렇게 계속 나가지 않자 점점 무섭고 두려웠다. 제발 나가길 바라면서도 심기를 건드리고 싶지 않았다. 한가한 골목, 굳이 쳐다보지 않으면 안에서 무슨 일이 일어나는지 아무도 모르는 이 깊숙하고 작은 공간에서 해코지라도 당한다면 나는 무조건 피해자가 된다.

"어쩌죠… 정말 죄송해요. 저도 형편이 좋지 않아서요… 죄송합니다."

두 손을 모으고 몇 번을 사과했다. 내가 왜 사과를 해야 하는지 모르겠지만 간절한 마음으로 허리를 숙였다. 울고 싶었다.

"하… 씨…."

한참을 서 있던 남자는 낮은 한숨과 짜증을 뱉고는 가게를 떠났다. 힘이 풀리며 다리가 살짝 후들거렸다. 그때의 안도감과 서글픔은 겪어보지 않은 사람은 모른다.

가게를 하면서 종종 '살아낸다'는 말을 피부로 실감한다. 모두가 각자의 생존을 위해 온갖 수단과 방법을 가리지 않고 전쟁을 치른다. 어떤 사람들은 우아하게 손가락 하나를 까딱이겠지만 어떤 사람들은 하루하루가 처절하다.

그런 사람들이 가고 나면 진이 빠지고 후폭풍이 심

하게 온다. 정말 어떻게든 살아보려고 벼랑 끝에서 버티는 심정으로 카페를 시작했는데, 음료 주문은커녕 왜 내게 돈이라도 맡겨놓은 것처럼 뭘 사달라 하고, 돈을 달라고 하는 걸까? 무슨 권리로 무작정 내 가게에 쳐들어와 내 평범한 생활을 망치고 죄책감까지 안겨주고 가버리는 걸까?

조금만 마음이 약해 보이고 순하고 착하게 생겼다 싶으면 그걸 이용하려는 사람이 너무 많다. 눈에 보이는 호의가 진짜 순수한 호의가 아니라는 걸 카페에서 몇 번 경험하고 상처도 받고 나니 마냥 세상이 바르고 아름다워 보이지 않는다. 상대가 먼저 내민 호의는 한 발 물러서 우선 의심과 경계부터 하게 된다. 하지만 카페는 서비스업이고 진짜 손님까지 소홀히 할 수 없으니 하루 종일 누가 들어올지 모르는 경계 속에서 미소와 친절을 유지해야 한다. 요즘은 속마음과 다른 두 얼굴

을 갖게 되는 내가, 거짓 웃음을 짓는 사람이 되어가는
내가 조금은 슬퍼진다.

차에 주유하듯 기가 부족한 사람에게 원하는 기를 넣
어주는 '기 팍팍 주유소'가 있으면 좋겠다. 영업하려는
사람이 보이는 순간 요동치는 심장을 수백 번 다잡는
나에게는 그들과 맞설 수 있는 단단하고 강한 에너지가
필요하다. 한때는 큰소리치는 여자에게 '기 센 여자'라
며 비난했지만, 호락호락하지 않음이 나쁜 걸까? 나는
어느 때보다도 기 센 사람, 기 센 여자가 되고 싶다. "기
가득이요!" 강인한 기운으로 내 안을 빵빵하게 채우고
싶다.

원하는 기를 주유해 주는 '기 팍팍 주유소'가 있으면 좋겠다.

직업 하나 더 추가요

카페를 오픈하고 얼마 되지 않아 한가한 카페에 홀로 앉아 그림을 그리고 있을 때였다. 당시 몇 년간 방황하며 그림의 방향을 잃어버렸었지만 다시 멋진 그림을 그리고 싶은 마음은 가득했다. 그래서 애꿎은 빈 종이를 괴롭히고 있는데 핸드폰 알람이 울렸다.

[브런치] 작가님께 새로운 제안이 도착하였습니다.

브런치에서 무슨 제안이지? 열어보니 한 출판사 편집자가 보낸 메일이었다.

안녕하세요, 저는 ○○출판사 ○○○이라고 합니다.
출간 제안을 드리고 싶어 이렇게 연락드립니다.

출간이요? 일러스트레이터로는 꿈도 못 꿔본 출간이라니. 기분이 좋으면서도 이상했다.

일러스트레이터로 오래 활동하다 보면, 본명을 밝히지 않더라도 여기저기 대외활동을 하며 얼굴과 실명을 노출시킬 수밖에 없다. 내 그림을 올리는 SNS는 가족, 친척, 친구 들에게 실시간으로 공유되고, 안면을 튼 동료 작가들도 많아지면서 SNS에 '예쁜 그림' 외에 다른 것을 표현하기가 무척 조심스러워졌다. 특히 우울이라든지, 불안과 무기력 같은 나의 어두운 부분을 언급하기 힘들었다.

이런 상황에서 필명 '삼각커피'로 시작한 창작 플랫폼 '브런치'는 나에게 대나무숲이자 사랑방이었다. 내가 삼각커피인지 아무도 모르는 세계에서 하고 싶은 말을 글과 그림으로 모조리 속 시원하게 쏟아냈다.

그림 외주 작업도 안 들어오고, 카페도 막 시작해서 한가하게 월세만 나가고 있는 시점에 받은 출간 제안은 거절하기 힘든 아주 멋진 기회였다. 카페도 용기 있게 시작했는데, 책도 연재했던 글을 잘 다듬으면 출간할 수 있겠다 싶어 또 한 번 용기를 냈다. 그런데 출간을 앞두고 가장 걸렸던 부분은 내가 만든 '익명성'이 사라지는 것에 대한 아쉬움이었다. 표현의 자유의 맛(?)을 알아버린 나는 브런치와 책만큼은 주변 시선을 의식하지 않고 마음 편히 작업하고 싶었다. 그게 내 정신 건강에 아주 많은 도움을 주기도 했으니.

그래서 책 내는 일을 나만 알고 있기로 했다. 지인 두 분을 빼고는 출간 소식을 다른 누구에게도 알리지 않았다. 요즘 책 시장이 활발해 신간을 모든 사람이 다 읽는 것도 아니고, 만약 책이 잘되면 그때 주변 사람들에게 말해도 될 것 같았다. 내가 하는 걱정들은 책이 세계적인 베스트셀러가 돼서 해도 늦지 않다고 생각하자 마음이 조금 가벼워졌다.

카페를 처음 오픈할 때만 해도 확실히 내 본캐는 '일러스트레이터'이고, 본캐를 위해 열일 하는 부캐가 '카페 사장'이라고 생각했다. 열심히 카페를 운영해서 생계를 유지하고, 틈나는 대로 그림을 그려 작가로서 자리를 잡겠다고 의지를 활활 태웠다. 그런데 이게 웬걸, '에세이 작가'라는 또 다른 부캐가 하나 더 생겼다. 들뜨기도 하고 걱정도 된다. 그런데 이미 저질러 버렸는걸?

에라 모르겠다. 그날 이후 나는 주변 사람 모르게 은밀히 바빠지기 시작했다.

카페 사장님의 이중생활

나도 이유가 있다. 일찍 마감한 그날은

출판사 편집자님과 출간 관련 미팅을 했다.

밤늦게 남아 있던 날은

영업을 마치고 원고 작업을 했다.

그런데 나한테 게으르다니…

억울하다… 진짜 억울해!

그 어느 때보다
바쁘게 살고 있구만!!
이 와중에 일요일엔 과외도 가는데…

"어제는 일찍 퇴근하셨나 봐요? 저녁에 왔는데 문 닫으셨더라고요."

도둑질을 들킨 사람마냥 뜨끔했다. 안내문도 미리 써두고 손님이 없는 한가한 평일 중에 한 시간 일찍 문을 닫았는데, 하필 그날 귀한 손님이 카페 문 앞에서 그냥 돌아가셨다. 죄송한 마음이 들면서도, 괜한 자격지심에 오픈한 지 얼마나 됐다고 멋대로 마감 시각을 지키지 않느냐는 질책처럼 들려 속상했다. 카페를 소홀히 하진 않았지만, 뜻밖의 작가 생활이 시작되면서 정해진 24시간을 나눠 써야 했다.

그사이 브런치 연재는 완결에 가까워졌고, 여러 출판사에서 제안이 더 들어온 덕분에 메일은 계속 쌓여갔다. 한 달 안으로 어떻게든 미팅을 끝내서 한 곳과는 계약을 해야 했다. 하지만 내가 쉬는 일요일에는 출판사 편집자도 쉬는 날이기에 미팅을 할 수가 없었다. 평일 아침부터 저녁까지 카페에 묶여 있으니 평일 저녁 마감을 한두 시간 일찍 해서 미팅을 갖는 게 나의 최선이었다.

계약을 하고 원고만 쓰면 책이 바로 나오는 줄 알았다. 책 출간은 항상 똑같은 카페 지킴이 생활에 반짝하고 일어난 재미난 에피소드 정도로 생각했다.

막상 책 작업을 시작해 보니, 처음 브런치에 글을 올릴 때만 해도 출간을 염두하지 않고 모바일 환경에 맞춰 그림 작업을 했던 게 문제 됐다. 스크롤을 아래로 내려가며 보는 형태로 작업한 것을 책 판형과 가로 읽기 흐름에 맞춰 변형해야 했다. 그림도 한 페이지에 적당히 배치해야 했는데 디자이너와 나의 생각이 맞지 않아 여러 번 수정해야 했다. 그림에 들어간 손글씨의 맞춤법과 띄어쓰기를 고치고, 정사각형 사이즈로 그린 그림

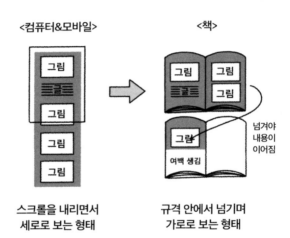

<컴퓨터&모바일>

<책>

넘겨야
내용이
이어짐

여백 생김

스크롤을 내리면서
세로로 보는 형태

규격 안에서 넘기며
가로로 보는 형태

을 책에 맞는 긴 형태로 다시 그렸다. 뿐만 아니라 아무래도 내 경험을 쓴 글이다 보니 편집자가 제시한 흐름상 매끄러운 문장은 나의 의도와 다른 경우가 종종 있었다. 그때마다 메일과 통화를 통해 합의점을 찾아 수정을 되풀이했다. 그림만으로도 바쁜데 글도 함께 수정하려니 정신이 없었다.

최대한 카페 손님들 앞에서는 다른 일을 하는 티를 내고 싶지 않았다. 그런데 정해진 출간일이 다가올수록 카페 마감 후에 원고 작업을 하면 영 작업 속도가 나지 않았다. 손님이 안 계시는 한적한 시간마다 작업을 하느라 하루에도 몇 번씩 작업 책상과 주방을 왔다 갔다 했고, 책상 한 구석에 올려둔 원고와 작업 노트 더미는 깔끔한 카페에 옥에 티가 됐다. 편집자와 주방에서 통화를 하다가 손님이 오면 제대로 전화를 마무리 짓지 못하고 급하게 끊어버리는 실례도 몇 번 했다.

주변의 평가와 시선에 휘둘리고 싶지 않아 비밀로 부친 일인데, 한편으로는 지금 내 바쁨을 알아주는 사람이 없으니 힘들고 답답했다. 나의 이야기를 솔직하게 쓴 책이 아니었다면 엄마한테 딸내미 책 낸다고 자랑하며 우쭐할 수 있는 기회인데! 지금까지 예술 나부랭이 하면서 뭐 한 거 있냐고 무시한 엄마 코를 납작하게 만들 수 있었을 텐데! 정말 인간은 이기적이고 인생은 아이러니하다.

최종 원고를 넘기고 얼마 후 드디어 책이 나왔다. 작가는 출간 기념 증정본을 몇 부 받는데, 주변에 책 낸다고 알리지 않았으니 책은 많은데 누구 한 명 줄 사람이 없었다. 집으로 배송 받을 수도 없어 가게 주소로 받았더니 내 인생 첫 책은 받자마자 사람들 손에 닿지 않는 찬장 신세가 됐다. 그 뒤로 보물처럼 소중하지만 감당 못 할 책들은 SNS 이벤트를 열어 나눠주었다.

책을 내고 보니 진짜 세상에 쉬운 건 없었다. 책장에 꽂혀 있는 책들이 한 권 한 권 다시 보이기 시작했다. 이 많은 책들이 다 이런 과정을 거쳐 나왔단 말인가! 하드커버에 묵직한 전공 책은 라면 먹을 때 냄비 받침으로 아주 유용하게 써먹었는데. 이 얇은 책은 모기 잡을 때 쓰고, 저 두꺼운 책은 네잎클로버 말리는 용으로 아주 잘 썼는데. '사랑스럽고 진정성이 가득 담긴, 숨은 보석 같은 내 책'은 모서리가 조금만 찍혀도 내 손톱이 부러진 것처럼 마음이 쓰라렸다. 종종 독자들이 지역 도서관에서 내 책 사진을 찍어 SNS에 올려주실 때가 있다. 제법 꼬질꼬질해진 책을 보고 있자니 많은 이들의 손을 거쳐 간 듯해 마치 타향에서 산전수전 다 겪고도 꿋꿋하게 살아가는 자식을 보는 것처럼 뭉클했다.

지금 이 은밀한 이중생활이 언제까지 지속될지 모르겠지만 팍팍하고 고단한 일상의 단비인 것은 틀림없다.

한 편 한 편 쓸 때마다 재밌고 속이 시원하다. 그래서 나는 이 생활을 계속해 볼 생각이다. 이 부캐가 마음껏 뛰어놀려면 다른 부캐와 본캐가 좀 더 고생하겠지만 그 만큼 내 글은 자유로울 것이다.

[코로나]

이 시국 어느 자영업자의 이야기

이때만 해도 이 바이러스가
세계적으로 이렇게 확산될 줄 몰랐다.

2020년. 개업하고 6개월 만에 코로나를 맞았다.

2020년 여름

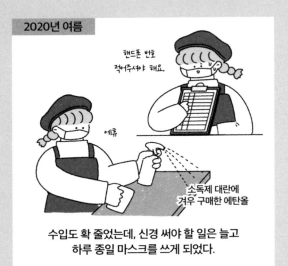

수입도 확 줄었는데, 신경 써야 할 일은 늘고
하루 종일 마스크를 쓰게 되었다.

2021년 봄

꿈과 희망을 가득 안고 카페를 오픈한 지 6개월 만에 코로나바이러스가 터졌다. 모든 자영업자가 그렇겠지만 내가 이런 상황에서 카페를 하고 있을 거라고는 상상도 못 했다.

모든 사람들이 코로나바이러스로 생활 전반에 제한을 받고 있는데, 자영업계도 타격이 크다. 노래방이나 술집처럼 주로 야간 영업시간 제한으로 인한 피해가 더 큰 곳들도 있어 조금 조심스럽지만, 카페 역시 만만치 않다. 수입은 줄어드는데 지켜할 수칙, 신경 써야 할 부분은 몇 달에 한 번씩, 빠르게는 2주마다 바뀌고 있다.

바닥이었던 매출이 몇 달간 꾸준히 오르고 있었는데 오르락내리락하더니 점점 줄기 시작했다. 이상하게 내 카페는 코로나를 직통으로 맞은 것 같은데 거리를 지나가다 흘깃 보면 다른 카페들은 이 상황에도 손님이 많아 보인다. 매출 하락이 과연 코로나 탓인지 내 가게 탓인지 혼란스러웠다. 무엇보다 이 시국에 카페를 잘 운영하고 유지할 수 있을지도 걱정이었다.

마음이 답답해서 주변 사람들에게 고민을 털어놓아도 자영업을 하지 않으니 공감받기 힘들었다. 카페 운영에 대한 고충을 토로할 곳이 필요했는데, 그러다 마침 인터넷에서 카페를 하는 사람들의 모임을 발견하게 됐다. 그곳에서 정말 많은 도움을 받았다. 이 모임에 가입해서 가장 좋은 점은, 1인 카페를 운영하며 혼자서만 느끼고 겪었던 고충을 동종업자들끼리 나눌 수 있다는 것이다. 코로나 방역 지침이나 날씨에 따른 매출 고민, 커피머신과 음료 재료에 대한 정보 등을 나눌 수 있는 사람들이 생겼다. 확진자가 늘어 떠들썩한 날에는 나처럼 매출 하락 때문에 힘들어하는 사람들의 글이 올라왔고, 서로 몇 잔 팔았다며 응원해 주는 댓글도 보였다.

내 카페 빼고 다른 카페는 다 경쟁사라고만 생각했는데 다들 비슷한 상황에 처했다고 생각하니 동병상련의 마음이 들었다.

불행 중 다행이라면, 또 다른 부캐인 '작가'로 활동하는 나는 해야 할 원고 작업이 있어서 이 시국을 견딜 수 있었다. 코로나 시국에 손님이 적어 이렇게 앉아 있는 시간이 많을 때 다른 일을 할 수 있게 되었으니, 오히려 잘된 거라고 정신승리(?)를 하며 원고 작업에 몰두했다. 지금 내가 겪고 있는 불행이 결국 책의 소재가 되었으니 그리 나쁜 일만은 아니라고 마음을 다독였다. 이렇게 적고 보니 꽤 덤덤하고 알차게 시간을 잘 보낸 것 같지만 지금도 마음속에 폭풍우가 몰아치다 가라앉기를 여러 번이다.

나는 힘들고 하기 싫은 일을 잘 견디지 못하는 사람

이다. 돈은 못 벌어도 내가 하고 싶은 일, 내가 즐겁고 대우받는 일만 하고 싶었고 또 그렇게 20대를 살아왔다. 그런 내가 지금 이 시국에 카페를 운영한 지도 2년이 넘었다. 카페를 하는 사람들의 인터넷 모임에서 알게 된 어떤 분은, 나보다 매출이 적은 날에도 종종 웃긴 '움짤'이나 깡통 차는 그림과 함께 오늘은 맛있는 야식을 먹으며 쉬어야겠다는 해학 넘치는 글을 올린다. 그 글 아래에는 똑같이 유머러스하고 다정한 댓글들이 달린다. 맥주를 마시며 글을 보던 나도 피식 웃으며 오늘의 근심을 조금은 털어낸다. 진짜 힘들 때 욕하고 화내는 것보다 의연하게 대처하고 이겨낼 줄 아는 사람이 정말 강하고 대단한 것 같다.

카페 문을 연 지 얼마 안 됐을 때에는 일희일비가 너무 심했다. 오늘 적게 벌었으니 다음 날도 그만큼만 벌 거라 미리 단정 지으며 내 앞날을 암울해했다. 그런데

징크스처럼 재료를 적게 준비하면 꼭 그날은 같은 음료 주문이 우르르 들어와 재료가 부족해 음료를 못 파는 일이 일어났다. 오늘 장사가 망했다고 가게가 망한 게 아니다. 내일 장사가 오늘과 같을지, 어떻게 될지는 아무도 장담할 수 없다. 오히려 단골손님 중 상당수가 오늘 오지 않았다면 다음 날 몰릴 수 있다. 손님은 적은데 사이드 메뉴를 많이 팔아 수익이 높은 날도, 손님은 많은데 테이크아웃만 해서 수익이 적은 날도, 비가 오는데 그날따라 손님이 쉬지 않고 오는 날도 있다.

장사를 하며 삶에 대한 의연함과 초연함을 배우고 있다. 더 잘될 날을 확신하며 내일을 준비해야 언제든, 무엇이든, 누구든 맞이할 수 있다. 미래를 긍정적으로 내다볼 때 오늘이 흔들려도 멘탈이 무너지지 않는다.

차지연의 노래 〈살다 보면〉에 이런 가사가 나온다.

'그저 살다 보면 살아진다.'

예전에는 이 가사가 쓸쓸하고 덧없게만 느껴졌다. 그런데 코로나에서 벗어날 길 없는 시간을 보내고 있으니 이 말의 진정한 의미를 깨닫는다. 나뿐만 아니라 모두가 그런 비슷한 마음으로 코로나 시국을 살아가고 있지 않을까. 코로나 시국을 겪으며 '살다 보면 살아지는' 그 세월이 얼마나 의미 있는 건지, 견디고 버텨 숨 쉬고 있는 지금의 삶이 얼마나 소중한지 이제는 안다.

어떻게 살았는지도 중요하지만, 모진 풍파 속 어떤 형태로든 살아낸 삶은 너무나 찬란하다. 누더기같이 너덜거릴지라도 결국 다시 피어날 새싹이 뒤덮은 언덕, 바람에 거세게 펄럭이면서도 깃대에 단단히 매달려 있는 깃발 같은 삶이 얼마나 멋진지 나의 작은 카페에서 조금씩 알아가고 있다.

못 벌어도 일단 GO!

20대 중반, 여러 회사를 전전하다 마지막 퇴사를 한 후 내 방 책상 앞에 앉아 그림만 그렸다. 하루에 열 시간 넘게 포토샵으로 이것저것 건드리며 재미로 그림을 그리다 보니 어느 순간 전체적인 포토샵 기능이 눈에 들어오기 시작했다. 머릿속으로 콘셉트를 구상하고, 포토샵 툴과 효과 기능을 사용해 그림을 완성할 때마다 머리 끝 세포까지 짜릿한 희열이 느껴졌다.

그렇게 그린 그림을 인터넷 사이트에 올리기 시작했다. 올리다 보니 어느 플랫폼에서 주최한 공모전에 당선되고, 전시와 외주 제안이 오면서 '그림을 직업으로 삼을 수도 있지 않을까?' 하는 기대와 꿈이 생겨났다. 매스컴에 소개되는 '스타 일러스트레이터'를 보며 막연히 나도 그런 일러스트레이터가 되어서 밥벌이하며 살 수 있을 줄 알았다.

그동안 진행한 포트폴리오만 모아 보면 아예 수입이 없는 작가는 아닌 듯 보이지만, 그림으로 번 수입을 따져보면 최저 시급도 되지 않았다. 오랜만에 지식백과에 '일러스트레이터'를 찾아보니 이렇게 설명되어 있다.

말이 좋아 프리랜서이지 일이 없으면 거의 백수나 마찬가지다.

나는 '일러스트레이터'를 단순하게 생각했다. 내 스타일대로 그림을 그리다 의뢰가 들어오면 그림을 그려주고 돈을 벌면 된다는 생각으로, 정말 내가 그리고 싶은 그림만 열심히 그렸다. 그런데 그림을 그릴수록, 그림으로 돈을 벌고 싶을수록 현실과 이상의 괴리가 커져만 갔다.

내가 좋아하는 '빨간 그림'

자, 이제 유행은 '파란 그림' 입니다!!

…이제 내 빨간 그림은
멋진 그림이 아닌가?

난 아직도
이 그림이 정말 좋은데…

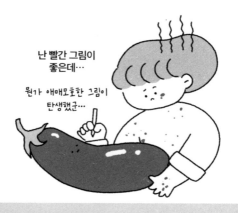

나도 파란 그림을 그려보려고 했는데
그려지는 건 보라색 그림뿐.

난 빨간 그림이
좋은데…

뭔가 애매모호한 그림이
탄생했군…

나의 일이 상업적인 효과를 가지려면 '나를 표현하는 활동'과 '다른 사람을 위한 결과물 제공'이라는 두 행위가 상충하지 않고 어우러져야 한다. 예를 들어 내가 '빨간 그림'을 좋아해 '빨간색 그림'을 그린다고 해보자. 내 '빨간 그림'을 좋아하는 사람들이 있고, 상업적 가치까지 있어서 수입이 꾸준히 생기면 베스트지만, 세상 사람들이 '파란색 그림'을 좋아한다면 나는 어떻게 해야 할까? 내가 좋아하고 잘 그리는 건 '빨간 그림'인데 세상은 '파란 그림'이 더 잘 팔리고 '파란 그림을 그리는 작가'에게 열광한다면? '빨간 그림'이 정체성이었던 내가 바로 '파란 그림'을 그릴 수 있을까?

원래 '파란 그림'을 잘 그리는 사람이거나 '파란 그림의 시대'에 자란 사람들은 이런 고민을 하지 않고 처음부터 '파란 그림'을 그린다. 하지만 결국 언젠가는 그림의 유행과 흐름의 변화를 맞닥뜨리고 갈림길에 서게 된다. 내가 그리고 싶은 그림과 다른 사람이 원하는 그림 사이에서 오는 선택의 갈림길 말이다. 유연하게 시대의 흐름이나 유행에 따라 스타일을 바꾸지 못하거나, 내 스타일을 좋아해 주는 지지층이 확실하지 않은 사람은 자신의 스타일과 삶의 방향성에 대한 고민이 심해진다. (그게 바로 접니다. 여러분.)

포트폴리오 사이트를 보면 클라이언트 요청에 따라 자신의 그림 스타일을 잘 변형시켜 그리는 작가들이 정말 많다. 그림의 상업적 사용에 대한 이해가 높고 다양한 스타일에 유연하게 적응해 그림을 그려내는 능력자들이다. 그림을 막 시작한 내가 이런 사람들과 경쟁을 하려니 제대로 된 일보다 어딘가 이상한 일이 더 많이 들어왔었다. 한번은 내 스타일이 아닌 다른 작가의 스타일대로 그려달라는 의뢰를 받은 적 있는데, 돈이 없어 급한 마음에 작업에 동의했다가 현실 타격을 크게 받았다. 분명 그림으로 돈을 벌었는데 즐겁지 않았다. 당시 심적으로 정말 힘들었고 그 뒤로는 그런 일은 받지 않으며 의뢰가 들어왔던 사이트도 결국은 탈퇴했다.

요즘은 자신의 스타일을 스스로 리스펙트 하면서 수익을 내는 적극적인 작가들이 많다. 덩달아 나도 긍정적인 자극을 받는다. 가만히 일이 들어오기만을 기다리면 안 된다. 내 그림만으로도 수입이 날 수 있는 통로를 여러 군데 만들고 새로운 활동을 계획하고 있다. 전부터 굿즈를 판매해 왔던 '네이버 스마트스토어'를 꾸준히 운영 중이고, 유사한 외국 판매 사이트도 오픈했다. 개념만 이해하고 있는 NFT(Non-Fungible Token. 그림, 영상 등 디지털 자산의 소유주를 블록체인 기술로 증명하는 토큰)도 틈나는 대로 공부를 하고 있다.

2020년 방영된 드라마 〈브람스를 좋아하세요?〉를

기억하는 사람이 있을까? 엄청난 인기를 끌진 않았지만 나는 그 어떤 드라마보다 과몰입 하며 보았다. 그 드라마의 주인공 채송아는 바이올린을 전공하는 대학생이다. 바이올리니스트가 되기 위해 4수까지 해서 음대에 들어가고, 입학하고 나서도 갖은 노력을 다하는 채송아를 보며 얼마나 울었는지 모른다. 무명 가수가 이름을 가리고 나오는 오디션과 댄서들이 나오는 서바이벌 프로그램만 봐도 나와 상황은 다르지만, 꿈과 목표를 향한 그들의 열망에 깊이 공감된다. 부디 그들이 떨어지지 않길 간절한 마음으로 프로그램에 몰입하는 건, 그들처럼 나도 내가 겪고 있는 시련을 이겨내고 싶은 마음 때문이다.

지금까지 '일러스트레이터'라는 직업에 관심 있는 분들에게 진로 상담을 여러 번 해줬다. 솔직히 내 경험만으로는 직업의 전망을 확답할 수 없다. 희망적인 말로 응원하다가도 어쩔 수 없이 걱정 어린 말이 뒤따른다. 그럼에도 여전히 내가 일러스트레이터로 살아가고 싶은 건, 내 인생에서 그림을 대체할 무언가가 없을 정도로 정말 그림 그리는 게 좋고 즐겁기 때문이다. 인생을 걸어볼 만큼 좋아하는 게 내 인생에 있으니 미리 겁내지 않으려 한다. 아직 나는 젊고, 하고 싶고 할 수 있는 게 많다.

꿈을 포기하지 않는 사람들은 꿈으로 이뤄내는 성공을 바라지, 성공을 위한 꿈을 꾸지 않는다. 각박한 현실에도 꿈을 좇는 모든 이들이여, 우리 모두 힘냅시다!

혼자를 감당하는 일상

카페를 하기 전에는
작은 벌레에도 기겁했던 나.

혼자 가게를 꾸려나가다 보니 그동안
피해왔던 것들과 맞닥뜨려야 했다.

내가 사자후를 낼 수 있다는 걸 알았다.

인간 세스코로 진화했다.

나이깨나 찼지만 아직 부모님과 함께 살고 있다. 그동안 프리랜서 겸 백수로 집에 오래 있으면서 나름 집안일을 도맡아 하고 있다고 자부했는데 생각보다 내가 부모님께 의지를 많이 했나 보다. 집보다 가게에 있는 시간이 더 많아지고, 손님을 맞이하는 유일한 관리자 입장이 되고 보니 내가 처리하기 싫어서 미루고 회피했던 일들을 억지로라도 맞닥뜨려야 하는 순간들이 찾아왔다.

방바닥에 떨어진 수박씨만 봐도 놀랄 정도로 벌레를 무서워했던 나다. 그런데 여름이 되자 가게에 출몰하는 벌레는 집과는 차원이 달랐고 상상을 초월했다. 불켜진 곳 없는 어둑한 골목에 유일하게 밝게 켜진 간판을 보고 온갖 벌레들이 몰려들어 불빛 아래 동네 파티를 벌였다. (날벌레와 나방은 그렇다 쳐, 왜 평소 보기도 힘든 사마귀에 귀뚜라미, 무당벌레까지 모여드는지 정말 기가 찬다.) 자기들은 아주 신이 나서 간판과 창문에 달라붙거나 날아다니겠지만 그 모습을 가게 안에서 보고 있는 나는⋯. 흡사 좀비 떼가 가게 앞을 둘러싸고 있는 것처럼 공포 그 자체였다. 퇴근해야 하는데 도저히 문을 열고 나갈 수 없었다. 살충제와 훈연제를 동원해 쫓아내고 죽이고 쓸어 담고 처리해도 그때뿐, 폭염이 찾아올 때까지 벌레와의 전쟁은 하루하루 계속됐다.

　이런 일도 있었다. 뒷골목이라 가끔 문을 열어두면 지나가던 배고픈 고양이가 방문한다. 길고양이는 귀엽고 안쓰러웠는데, 쥐의 방문은 이야기가 달랐다. 멍하니 가게 문을 응시하고 있는데 문 앞 계단을 앞발로 집고 몸을 일으키면서 쑥- 올라오는 쥐의 얼굴⋯. 친구 집에서 본 햄스터와 비슷한 귀여운 얼굴이지만, 머리카락이 쭈뼛 서면서 나도 모르게 순간적으로 아무도 없는 카페가 쩌렁쩌렁 울리게 비명이 터져 나왔다. 가게로 들어오면 어떡하지? 정신이 아찔했다. 다행히 비명 소리에 놀라 쥐는 냅다 도망갔지만 그 뒤로 환기할 때 잠깐 빼고는 절대 문을 열지 않는다.

카페에서의 세 번째 여름이 지나갔다. 어김없이 시작된 벌레 출몰에 속에서는 쌍욕이 자동 생성되지만 이제는 포커페이스를 유지하며 긴 빗자루와 고무장갑을 이용해 신속하게 처리한다. 혼자 가게를 운영하다 보니 나도 어쩔 수 없이(?) 책임감이 생긴다. 손님들에게 쾌적한 환경을 제공해야 하니 매일 쓸고 닦고, 도저히 못 잡겠던 벌레도 덥석덥석 잡는다. 남의 흔적이 가득한 화장실 청소는 기본이고, 시설 문제도 건물주와 적극적으로 이야기해 해결한다. 카페 가구와 기계는 웬만한 건 스스로 분해, 조립, 수리해서 쓴다. 전동 드릴을 다루고 실리콘을 쏠 줄 알게 되었고 매대를 직접 짜서 만들 수 있게 되었으며, 생수 2리터짜리 여섯 개

묶음을 양손에 하나씩 들고 옮기는 튼튼한 팔 근육으로 진화했다.

점점 누군가의 도움보다는 우선 혼자 해결해 보는 것에 익숙해졌다. 지금까지 독립하고 싶다고 노래를 불렀는데 성인이 된 지 한참이면서 나이와 어울리는 '어른'으로서는 조금 느리게 성장해 온 것 같다. 카페도 어찌되었든 혼자 몇 년을 꾸려나가고 있으니 독립해서 혼자의 삶도 우선 시작하면 갖은 시행착오를 이겨내 가며 성장하지 않을까? 뒷다리가 생긴 올챙이에 조금 늦게 앞다리가 생기듯, '어른 아이'였던 내가 조금씩 혼자를 책임지며 독립을 현실적으로 계획하고 있다.

자… 마음의 준비는 끝났으니 이제 돈만 열심히 모으면 되겠는걸?

매출이 0원인 어느 날

장사가 정말 안 되는 날이 있다. 그런 날은 여러 가지 이유를 찾다 나와 내 가게를 돌아보게 된다. 분명 나도, 가게도 똑같이 그 자리, 그 모습인데 손님이 오지 않으면 자꾸만 가게의 단점과 부족한 점만 신경 쓰인다.

역시 가게 위치가 안 좋은 걸까?

내가 직접 한 셀프 인테리어가 예쁘지 않은 걸까?

커피머신과 원두에 문제가 있거나 조작이 서툴러서 커피가 맛없나?

디저트 종류가 적고 맛없어서 안 오는 걸까?

아니면 가게를 운영하는 내가 이 카페와는 어울리지 않는 외모라서? 카페의 이미지를 해치고 있나?

별별 나쁜 생각이 다 든다. 시간이 남아도니 생각만 많아진다. 가만히 있기엔 마음이 심란하고 엉덩이가 들썩인다. 괜히 손걸레를 들고는 카페 여기저기 닦기 시작한다. 대걸레로는 닦이지 않던 바닥 구석구석을 닦고 인테리어 소품들도 닦아서 다시 배치하고, 테이블마다 소독도 한 번씩 더 한다. 카운터에만 있으니 내가 카페를 잘 살펴보지 못하는 건가 싶어 여기 섰다, 저기 앉았다 하며 카페를 둘러본다. 문 열고 들어오기가 꺼려져서 그런가 싶어 매장 문을 괜히 열었다가 닫았다가, 낮인데도 간판이 잘 보이지 않아서 안 오나 싶어 간판 불도 일찍 켰다가 껐다가, 풍성한 느낌이 들게 쿠키도 더 굽고 냉장고 정리도 다시 하고 테이크아웃 컵도 괜히 한번 똑바로 세워본다.

어제와 다름없는 가게이고 똑같은 나인데, 오늘 하루 손님이 없다고 아무 생각 없던 카페와 나에 대해 다시 생각하게 되고 평가가 달라진다. 내가 생각해도 나에게 참 인색하다. 방문하는 손님 중 많은 분들이 카페가 특이하고 예쁘다고 해주시고 인터넷에 좋은 후기도 많이 올라온다. 분명 수중에 있는 돈을 모두 털어 최선을 다해 가게를 꾸리고 가꾸고 있음에도, 주변에 생겨나는 으리으리한 카페들과 오지 않는 손님을 보며 나는 또 '내 최선'을 무시하고 자꾸만 작아진다.

간단하게라도 인사 나누고 안부 묻던 손님들까지 발길이 뚝 끊기니 너무 심심하다. 프리랜서로 집에서 하루 종일 아무것도 안 할 땐 심심한 걸 몰랐는데, 카페를 하고 한창 바쁠 시간에 손님이 없으니 딱딱한 콩 하나 걸린 맷돌을 가는 것처럼 시간이 느리게 간다. 뭐라도 하나 팔고 한가하면 이렇게 속상하지나 않지. 아 진짜 왜 이렇게 손님이 없지?? Why??!! 다시 한번 울렁이는 마음을 진정시킨다. 이럴 때 그림이라도 열심히 그리고 글이라도 한 자 더 써보자.

어떤 방해도 받지 않고 폭풍 타이핑을 하고 나니 어

느덧 마감 한 시간 전. 제발 한 명만! 한 잔이라도 팔고 집에 가고 싶다! 무교이면서 간절히 아무 신이나 이름을 가져다 모든 신께 빌어본다. 누가 보는 사람도 없는데 손을 마사지하는 척 두 손을 슬쩍 모아 잡고 기도도 해본다. 이 난리를 떨어도 결국 마감까지 한 푼도 못 벌었다.

오늘 매출 0원. 속상한 마음에 답답한 이 공간을 바로 벗어나고 싶다가도 아쉬운 마음에 뭉그적거리며 문 앞을 지나가는 사람들이 가게로 들어오길 기다리지만, 어떻게 지나가는 사람도 하나 없다. 오늘은 정말 날이 아닌가 보다. 주섬주섬 짐을 챙기고 간판 불을 내린다. 참… 이런 날도 있구나…. 집으로 돌아가는 길, 하루 종일 사람 목소리 하나 못 들어 적적하고 외로운 마음에 팟캐스트에 나오는 진행자 목소리를 들으며 걷는다. 바깥공기를 깊게 들이마시고, 풍경도 천천히 둘러보며 곰

이대로 퇴근이라니…

곰이 생각하니 손님 없는 카페에서 열 시간을 견뎌낸 내가 참 짠하면서 대견하다.

'오늘 감정에 고비가 몇 번 있었지만 참 잘 참았네. 그래도 글은 좀 썼어. 내일은 분명 반가운 단골손님들이 찾아올 거야. 진짜 두고 보라고. 찾아준 손님들께 더 잘해줄 테니까.'

손님 없는 하루를 통해 보통날의 감사함과 손님 한 분, 한 분의 소중함을 배운다. 오늘은 손님이 없었지만 내 가게를 찾아주는 손님은 분명히 존재한다. 그 손님들은 언제고 우리 가게가 싫으면 안 올 수 있는데 그 많은 카페들 사이에서 내 카페를 꾸준히 와주니 이 얼마나 감사한 일인가. 내가 더 손님 대접을 해야 하는데 오히려 내 안부를 묻고 나를 신경 써주는 손님들이 있다는 걸 잊지 말자. 이만 푹 쉬고 내일 찾아줄 반가운 손님들에게 더 밝게 인사하고, 깨끗하고 쾌적한 환경에서 맛있는 음료를 만들어주자. 그렇게 생각하니 집으로 가는 발걸음이 조금씩 가벼워진다.

[여름]

폭염의 추억

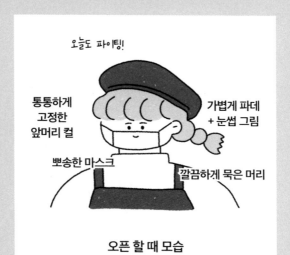

아메리카노와 스무디 지옥

머신 근처는 후끈후끈

얼음 갈릴 때마다 이상하게 소름 끼침

(폭염엔 시원하면서 깔끔한 음료가 인기)

주방은 에어컨 바람이 안 들어와서 찜통.
아이고 죽겠다!

한파의 추억

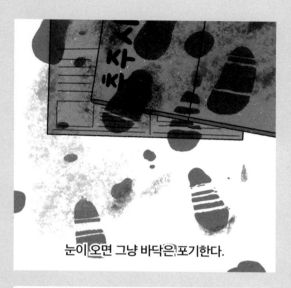

눈이 오면 그냥 바닥은 포기한다.

겨울은 우유 스팀의 지옥

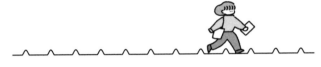

함께 만들어가는 카페의 온도

정 넘치는 쾌활함으로 기분을
업 시켜주고 가시는 손님 최고!!

못 오게 되면 말씀해 주시는 분도 계신다.

고마운 손님들 덕분에 카페의 하루를 견딘다.

몇 주째 자주 오는 손님이 또 오셨다. 반갑고 익숙한 마음에 안부 인사가 툭 튀어나왔다.

"어서 오세요~ 요즘 날씨가 확 더워졌죠?"
"(멋쩍은 표정과 함께) 아아… 네… 저… 아메리카노 한 잔…."

어색한 대답이 돌아왔다. 앗. 이게 아니었나? 순간 나도 뻘쭘해졌다. 인터넷에서 봤던 '단골 특징'에 관한 글이 떠오른다. 단골로 다니던 가게의 사장님이 알아보기 시작하면 그때부터 가기 싫어진다는…. 내 기준에서 '친절'이었던 행동이 누군가에겐 부담일 수도 있다는 생각에 그 뒤로 아는 척을 조금 자제하게 됐다. 그런데 반대로 이런 손님들도 계신다.

"사장님~ 저 오늘도 왔어요! 저 기억 안 나세요? 어제도 왔었는데."

이분은 아는 척하는 걸 좋아하신다. 그럴 땐 빨리 태세를 전환한다. 사실 나도 알고 있었지만 부담스러울까 봐 모른 척 자제한 것뿐이었는데 이런 사정을 아실 리 없다.

극과 극의 반응 사이에서 처음에는 어떤 태도를 취해야 할지 갈피를 못 잡았는데, '친절 농도'를 중간 정도로 맞춰놓고 단골 유형을 잘 파악해 두고 유형에 맞춰 응대한다. 모른 척하길 원하는 손님은 무리한 요구도 하지 않고, 주변을 더럽히지도 않는 데다 조용히 머물다 가는 경우가 대부분이다. 행동과 태도가 심플하고 깔끔해서 나도 감정소모 없이 음료만 정성 들여 준비하면 되니 나를 편하게 해주는 손님들이다. 알아봐주길 바라는 분들은 하루 종일 기계처럼 같은 말만 반복하는 게임 캐릭터 같은 나를 사람답게 만들어준다.
아무 교류도 없는 대화가 아닌 진짜 사람 대 사람으로
잠깐이라도 대화를 하고 나면 조금은 숨통이 트이는
기분이다.

음료만 사고파는 것 같지만, 혼자 운영하는 동네 카
페는 생각보다 사람들의 정이 묻어 있고 온기가 돈다.
오픈 초기, 허둥대는 나에게 천천히 만들어도 된다며
여유 있게 기다려 주시는 분들이 있어 카페 일이 손에
익을 수 있었다. 가끔 과자, 마카롱, 샐러드, 작은 꽃다
발 등을 주고 가시는 분들도 있는데 꼭 힘내라는 뜻으
로 들려 마음이 따뜻해진다. 한적한 시간에는 마음 맞
는 손님과 두런두런 고민과 걱정거리를 나누며 서로 마
음을 토닥이기도 한다.

이전에 했던 소품숍은 지역 명소와 가까운 곳에 있

손님들이 만들어주는
적당히 시원하고, 적당히 따뜻한
카페의 온도가 참 좋다.

어 분위기가 언제나 활기찼다. 가게를 찾는 손님들 모두가 즐겁고 행복해 보였지만 한 번 온 손님은 다음 계절에나 볼 수 있어 감정적인 교류는 거의 없었다. 지금보다 손님도 수입도 더 많았지만 떠들썩하게 손님들이 가고 난 뒤에는 이상하게도 무인도에 떨어진 듯 가슴 한구석이 항상 공허하고 외로웠다. 지금은 수입은 적어도 꾸준히 같은 시간에, 같은 메뉴를 찾아주시는 분들이 있어 하루 루틴이 잡힌 듯 안정적이다. 근처에 살아서 집에서 입는 편한 옷차림으로 후다닥 테이크아웃을 해 가는 손님, 점심시간마다 우르르 와서 왁자지껄 수다를 떨고 순식간에 사라지는 근처 직장인들, 강아지를 산책시키고 돌아가는 길에 커피를 사서 가는 손님들까지. 익숙한 얼굴들로 사람 냄새 가득한 동네 상권이 나는 참 마음에 든다.

장사를 하는 데 돈이 제일 중요할 수 있지만, 아무리

돈을 많이 벌어도 마음이 불편하면 그 일을 오래하지 못한다. 내 유리멘탈에 진상 고객만 가득한 일을 해야 한다면 내가 과연 감당할 수 있었을까? 별거 아닌 것 같아도 손님이 가볍게 건넨 따뜻한 말 한마디와 친절에 가끔은 다 놔버리고 싶은 마음을 다잡고, 오늘만 살았던 내가 내일을 생각하게 된다. 그래. 힘들어도 이 맛에 카페 하지.

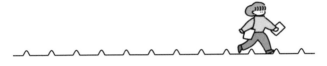

저녁 아홉 시 조용한 카페에서

처음에는 직접 카페를 운영하니 내가 원하는 시간에 언제든 다른 일을 할 수 있을 줄 알았다. 그땐 정말 몰랐다. 카페를 유지할 최소의 수익이 나려면 손님이 북적이지는 않더라도 하루 종일 꾸준히 주문이 들어와 카운터에 앉아 있는 시간보다 서 있는 시간이 더 많아야 한다는 것을. 손님이 한 분이라도 있으면 '카페 직원 모드'가 작동 중이라 눈치 보여 다른 일을 제대로 할 수 없다는 것도 영업 몇 달 만에 알게 됐다.

그림은 스케치만 되어 있으면 시끄러운 곳에서도 그릴 수 있는데 글은 조용한 공간이 아니면 도통 써지질 않는다. 내가 글을 쓰는 날은 정해져 있다. 점심부터 우르르 손님이 왔다 가고, 언제 그랬냐는 듯 오후 여섯 시 이후로 한가해질 때가 있는데, 그런 날은 작업하기 딱 좋다. 그때 즈음 노트북 앞에 앉아 키보드에 손을 올리고 마음을 차분히 가라앉힌다. 북적거렸던 카페가 커피

향 가득한 나만의 조용한 작업실로 변신한다.

어렸을 때부터 힘든 순간마다 일기를 가장한 글쓰기를 꾸준히 해왔다. 그런데 몇 년이 지나서도 그 글들을 자꾸만 꺼내 읽으며 상처를 잊기 싫은 사람처럼 당시 기억을 되뇌었다. 그 순간을 기억하고 그때의 감정을 놓지 못하는 습관이 스스로를 힘들게 했다. 그래서 최근까지도 일부러 내 감정과 거리를 두고 글을 쓰지 않았다. 문학과 글이 좋아 국어국문학과에 들어갔지만, 한 문장만 읽어도 감탄하게 되는 기성 작가들의 글을 공부할수록 나는 아무리 노력해도 그만큼 대단한 작품은 쓸 수 없을 것 같았고, 또 글을 잘 쓰는 사람들 사이에 있으면서 열정은 자연스럽게 사라졌다.

그렇게 꽤 오랫동안 글에 대한 욕심 없이 일러스트레이터로서 그림만 그리며 살았는데, 그림에 다 담지 못

한 말을 글로 써 그림과 같이 올리다 보니 어느 순간 글도 함께 쓰는 사람이 되었다. 작가가 되려고 작정하고 쓴 것이 아니라 그림에 곁들이는 설명 정도로 생각하며 글을 쓰니 쉽고 재밌었다. 그림만 그렸을 때 충족되지 못한 어느 한구석을 글쓰기가 채워주었다. 그림이 시를 이미지로 형상화하는 작업이라면, 글은 내 생각과 느낌을 더 촘촘히 엮어 구체화하는 작업이다. 잊고 있던 나를 표현하는 재미를 알아버리니 봐주시는 분들이 있다는 부담감도 잊고선 내 이야기를 부끄럼 없이 적어나간다. 감정 쓰레기통이었던 글쓰기에서 이제야 제대로 나를 바라보며 글 쓰는 법을 알아가고 있다.

조용한 저녁. 하루 종일 떠다니던 생각이 활자로 변해간다. 시선과 사고가 밖으로 향해 외부의 문제만 처리하며 지낸 나를 잠시 벗어두고, 무의식의 나를 마주볼 시간이다.

에세이는 나와의 대화이자 실존하는 다른 사람의 생각과 인생을 느끼고 경험할 수 있는 좋은 창이다. 에세이보다 소설 혹은 정보서가 더 가치 있다고 생각하거나 에세이는 아무나 쓰는 쉬운 책이라고 평가절하 하는 사람들도 있다. 그런데 나는 그런 쉬운 책이라 에세이가 좋다. 그냥 열심히 한평생을 산 할머니의 인생 이야기가, 털이 많은 한 여성의 콤플렉스에 대한 이야기가 강요 없이, 거짓 없이 그대로 나에게 와 편한 울림을 준다.

저녁 아홉 시, 사람 없는 카페. 지금 쓰고 있는 이 글도 누군가에게 울림이 될 수 있을까?

[다시꿈]

쫄지 말고 일단 GO!

전이라면 어쩔 줄 몰랐겠지만

카페 일을 하면서 늘어난 사회성!

책 작업을 하면서 여러 번 한 출판사 미팅과

수십 통 주고받은 메일로 업무 능력 증가!

이젠 침착하고 빠르게 일을 진행하게 됐다.

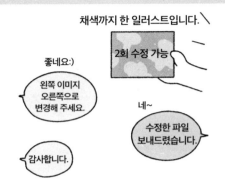

계약서부터 진행 과정까지 생각보다
더 쿨 거래가 성사돼서 일을 하면서도 놀랐다.
(*정석대로 순조롭게 일을 해본 게 처음이었다.)

이렇게 일을 할 수도 있나 싶었다.
지금까지 난 어떻게 일을 하고 있었던 건가…

그동안 일러스트레이터로 일이 적은 게 '나만 좋아하는' 혹은 '활용 가치 없는' 그림을 그려온 탓인가 싶어 '다른 사람들이 좋아할 만한', '유행을 따르는' 방향으로 그림체 변화를 시도했다. 나에겐 내 정체성을 바꾸는 일만큼 큰일이라 고민이 많았지만 결심을 내려야 했다. 하지만 다른 사람 눈에 예뻐 보이는 그림을 그려야 한다는 강박, 한 장을 그려도 완성도 높은 그림을 그려야 한다는 부담에 마음처럼 쉽게 그림이 그려지지 않았다.

일러스트레이터로 채우지 못한 주머니를 카페에서 채우고, 그림으로 다 표현하지 못하는 마음을 글로 풀었던 건데 어째 점점 그림과 멀어지는 듯했다. 의무감에 꾸역꾸역 그린 그림은 내 마음에 들지 않아 더 내 그림에 실망했고, 조금씩 거리가 생겼다. 일러스트레이터로서 존재감이 희미해져 가는 것 같아 가슴 한 구석이 늘 뻐근했다.

그러다 올해, 예전 그림 스타일로 작업해 달라는 의뢰가 들어왔다. 내가 너무 사랑한 나의 그림. 그릴 때마다 눈과 뇌 속이 슈팅스타 캔디볼을 씹을 때처럼 팡팡 터지는 희열을 주었던 그림들. 그 그림들을 보고 연락이 왔다. 그것뿐인가? 그림에 대한 협의, 계약, 피드백, 입금이 너무나 순조롭게 진행됐다. 내가 지금까지 일러스트레이터로 일한 건 일이 아니라 학대였나 싶을 정도로 스트레스 없이 일사천리로 진행됐다.

계약서 작성은 차일피일 미룬 채 우선 결과물만 닦달해 쫓기듯 일한 경험, 결과물을 넘겼는데 반년 넘게 작업비를 입금 안 하고 연락도 모두 씹어 변호사와 상담했던 일들이 아직도 선명하다. 이렇게 정상적으로 일러스트레이터 일을 할 수 있었는데!

나에게 그림으로 먹고사는 문제는 고양이와 친해지

기와 비슷하다. 너무 사랑하는 마음에 다가가 만지려고 적극적으로 달려들면 후다닥 도망가고, 관심 없는 듯 뒤돌아 누우면 슬그머니 다가와 내 다리에 머리를 비비듯 스치고 지나가거나 아무렇지 않게 곁에 머물다 가는 그런 존재. 나는 그냥 아무 때나 와락 껴안아 구석구석 만지고 쓰다듬고, 앙증맞은 귓속을 들여다보고, 입을 벌려 작은 앞니를 하나하나 확인하고 싶은데 가까워지기 위해 모든 걸 참고 적정거리를 유지하며 그대로 그 자리에 한결같이 있어야 마음을 여는 섬세한 고양이 같다.

그림 그리는 이 직업을 너무 많이 사랑해서, 무조건 대단한 걸 이뤄내 성공해야겠다는 욕심 때문에 나를 피곤하게 만들고 여유 없는 태도로 항상 절절 맸던 건 아닐까? 지금 들어온 일 하나에 '세상이 이제야 내 그림을 알아주는군!' 하며 확대해석 하거나 들뜨지 않는다. 그냥 우연히 출간물의 분위기와 맞는 그림체라서 수많은 그림 중에서 운 좋게 우연히 발견된 것뿐이다.

하지만 그 과정에서 그동안 해왔던 다른 일들 덕분에 내가 많이 달라졌다는 걸 느꼈다. 카페를 하면서 낯선 사람과 어려움 없이 대화하고 소통할 수 있는 사회성이 늘었고, 여러 출판사와 미팅을 갖고 수시로 연락을 주고받다 보니 업무 대처 능력도 전보다 훨씬 능숙해졌다. 트라우마처럼 남은 외주 문의는 메일 한 통에도 잔뜩 긴장하게 만들었는데, 이제는 그때의 두려움과 공포가 많이 옅어져 메일도 고민 없이 열어본다. 그림 그릴 시간은 많이 줄었고 활동도 많이 못 했지만 얻은 것들도 있었다.

'메타인지'라는 심리학 용어가 있다. 메타인지는 나를 객관적으로 바라보고 자기 자신과 정서적으로 거리를 두는 것이다. 정신건강의학 양재웅 전문의에 의하면, 자기 자신과 정서적으로 거리를 두지 못해 장점과 단점을 객관화하지 못하면 자신을 늘 부정적으로 평가하거나, 타인의 평가에 따라 자신의 가치를 매기기 쉬어진다고 한다.

그림뿐만 아니라 내가 중요하게 생각하는 것들과 스스로에게도 여유가 없었다. 너무 가까이에서 바라보는 바람에 중요하게 살펴봐야 할 본질을 놓치고 있었던 것 같아 나를 되돌아봤다. 다른 사람의 속도에 신경 쓰지 말자고 다독였지만 어느 순간 자꾸만 조급해지고 속도를 올리곤 했다.

이 사실을 깨달은 지금, 나도 모르게 짊어진 어깨의 짐을 내려놓고 아무 생각 없이 그리고 싶은 그림을 그릴 수 있을 것 같다.

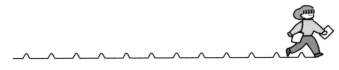

아직도 인생은 난리부르스

집에만 있던 집순이 시절,
앞으로 나아갈 디딤돌로
'카페'를 생각했다.

카페 운영

다음 스텝

2년! 2년만 버티자!

어떻게든 카페 운영하고
그림 그리고 하다 보면 뭐라도 달라져 있겠지?
책도 계약했으니까 책 대박 나서
카페 접고 작가로만 생활하고 싶다!

그렇게 시작한 카페 일은 생각보다 고됐고,

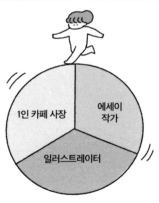

적당한 균형으로 모든 일을
잘 해내려는 이상과 달리

현실은 난리부르스

현실은 뭐 하나 제대로 하는 것 없이
생존을 위해 허겁지겁 사는 N잡러 같다.

스스로 약속한 2년은 금방 다가왔다.

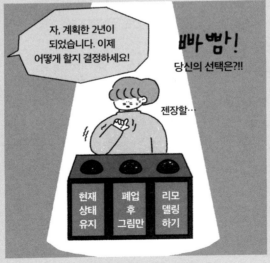

2년. 카페를 차리면서 앞으로 2년만 바라봤다. 2년 뒤에는 인생의 전환점을 맞이할 거라 생각했다. 그냥 카페는 내 본업이 아니라고 생각했고, 그림으로 자리 잡고 싶은 마음이 더 컸었다. 거기다 두 번째 책이 나오는 달이 가게를 계약한 지 2년째 되는 시기라 출간 시장의 반응에 따라 스트레스를 많이 받는 카페를 때려치우고 싶었다.

얼마 후 책이 나왔고, 카페를 차린 지 2년이 됐지만 내 삶에 드라마틱한 변화는 일어나지 않았다. 카페 운영이 힘든 상황에서 책에 내심 많은 기대를 했었는지 출간 뒤에 번아웃이 왔다. 이제 카페 운영을 어떻게 할지, 다른 일을 찾아볼지 결정 내려야 했다. 플러그가 뽑힌 듯한 내 상태에서 더 나은 방향을 판단하고 결정 내려야 하는 이 상황이 숨 막히게 다가왔다.

카페를 정리하지 않으면 리모델링이라도 할 생각으로 몇 달 전에 대출도 몇천만 원 이미 받아놨었다. 그런데 리모델링을 한다고 해서 그 돈보다 더 수익을 낼 수 있을까? 더 바빠지면 다른 일을 같이 할 수 있을까? 걱정이 몰려왔다. 그리고 빌린 거금을 턱 하니 쉽게 쓰기도 무서웠다.

지금 준비되어 있는 게 없어도 너무 없는데 내가 정한 2년은 다가왔고, 내 나이도 이제 30대 중반이라 앞날을 걱정하지 않을 수 없다. 직업적으로 자리도 잡아야 하고 곧 독립도 해야 하는데 마음이 초초해져 우울했다. 난 이 기분을 잘 알고 있다. 몇 년 전에 우울증과 무기력증을 심하게 앓았었다. 절대 지금보다 감정이 더 깊어져 그때로 되돌아가고 싶지 않았다. 이대로는 안 되겠다 싶어 집 근처 심리상담소를 찾았다.

세 달 넘게 심리상담을 하며 다시 나를 돌아봤다. 심적으로 준비되어 있지 않은 불확실한 상황에 뛰어드는 건 내게 설렘과 도전이 아니라 스트레스고 불안이었다. 심리검사도 하고 상담사와 함께 지금 내 이야기를 하며 잊고 있던 것들도 떠올랐다. 2년 전의 나는 전력을 다해 머리를 굴려 내 상황에 맞는 최선의 선택을 했었다. 카페 매출이나 출간 흥행 성적이 내가 기대하고 바라던 성과가 아닌 것에 함몰되어 이 사실을 까맣게 잊고 있었다. 나의 경제적인 상황, 쉽게 무기력해지는 성격, 꿈을 놓치고 싶지 않으면서도 일상생활을 유지할 수 있게 돈을 벌고 싶다는 욕심까지 다 따져보고 나에게 적합한 모든 걸 조합해 선택한 게 지금 이 카페였는데, 여기서 또 다른 걸 생각하려니 머리가 아픈 거였다.

계속 시간에 쫓기며 막연한 목표인 '그림으로 성공하기', '유명한 작가 되기', '카페로 수입 내기'에 집착했

그동안 일이 힘들어서 잊고 있었다.
2년 전 결정이 내 상황에서
얼마나 최선의 선택이었는지를.

다. 성공의 기준이 무엇인지, 유명의 기준은 또 무엇인지, 현실적으로 벌어들일 수 있는 수입은 얼마인지 생각해 보지 않고 막연히 제일 높은 이상만 꿈꿨으니 어떤 결과에도 실망하는 것이 당연했다.

이제 나를 알았으니, 높은 목표와 이상에 대한 집착은 내려놓고 구체적인 목표를 향해 현실적인 방법으로 노력하기 시작했다. 뭘 해도 내 발목을 잡고 있는 경제적인 부분도 목표 금액을 정해 모으고 있다. 적금을 하나 더 늘렸고, 그림과 책 작업으로 들어온 수익은 따로 관리하는 중이다. 내가 생각한 금액을 모으기 전까지는 카페를 잘 유지할 것이다. 욕심내지 말고 갚을 수 있는 선까지만 대출금을 써서 리모델링을 하고 겨울 신메뉴를 개발 중이다.

그만둘 때 그만두더라도 내가 만들어둔 지금 상황의

장점을 최대한 활용해 봐야 후회가 적을 것이다. 목표를 구체적으로 나눠서 잡고 생각의 방향을 바꾸니 전보다는 더 버틸 힘이 솟는다. 그렇게 하루하루 살다 보면 새로운 목표가 뚜렷하게 그려지는 순간이, 또 다른 선택을 향해 거침없이 한 발짝 내딛는 순간이 오지 않을까? 그때까지 조금만 더 힘을 내 카페로 출근하고, 커피를 내리고, 손님을 맞이하고, 틈나는 대로 그림 작업을 하고, 손님 없는 저녁엔 글을 쓰는 이 생활을 더 잘 헤쳐 나가고 싶다.

이까짓, 생존
쫄지 말고 일단 GO!

2021년 12월 15일 초판 1쇄 발행

지 은 이 | 삼각커피
펴 낸 이 | 서장혁
책임편집 | 장진영
디 자 인 | 지완
마 케 팅 | 윤정아, 최은성

펴 낸 곳 | 봄름
주   소 | 서울특별시 마포구 양화로161 케이스퀘어 727호
T E L | 1544-5383
홈페이지 | www.bomlm.com
E-mail | edit@tomato4u.com
등   록 | 2012.1.11.
I S B N | 979-11-90278-90-4 (04810)

봄름은 토마토출판그룹의 브랜드입니다.

^ ^

^ ^ ^

^ ^

^ ^ ^

^ ^